FRAGMENS,

COMPOSÉS DES ACTES
D'ALMASIS,
D'ISMÉNE
ET DE LINUS:
REPRÉSENTÉS
PAR L'ACADEMIE ROYALE
DE MUSIQUE,

Le Vendredi 28 Août 1750.

PRIX XXX SOLS.

AUX DEPENS DE L'ACADÉMIE.

A PARIS, Chez la V. DELORMEL & FILS, Imprimeur de ladite
Académie, rue du Foin, à l'Image Ste. Geneviéve.

On trouvera des Livres de Paroles à la Salle de l'Opéra.

M. D. C. C. L.

AVEC APPROBATION ET PRIVILEGE DU ROY.

ACTEURS CHANTANS

Dans les Chœurs.

CÔTE' DU ROI.		CÔTE' DE LA REINE.	
Mesdemoiselles.	*Messieurs.*	*Mesdemoiselles.*	*Messieurs.*
Dun.	Lefebvre.	Cartou.	Gratin.
Tulou.	Le Page c.	Rollet.	Le Mesle.
Delorge.	S. Martin.	Daliere.	Bertrand.
	Dun, fils.	Masson.	Dumats.
Larcher.	Gélin.	Chefdeville.	Hordé.
Cazeau.	Fel.		Levasseur.
	Bourque.	Gondré.	Chapotin.
LeTourneur.	Duchenet.	Hery.	Favier.
Lablotiere.	Rochette.	Fo iot.	Feret.
La Croix.	Le Roy.		
	Selle.	Sommervile	Touchain.
Sallaville.	Roze.	Duval.	Cardinet.

A ij

ALMASIS,

BALLET,

DONNÉ A VERSAILLES

En 1747 & 1748.

ET mis pour la premiére fois au Théâtre de l'Académie Royale de Musique, le Vendredi 28 Août. 1750.

PREMIÉRE ENTRÉE.

Les Paroles font de Monfieur DE MONCRIF,
*Lecteur de la Reine ; l'un des Quarante de l'Académie
Françoife, & de l'Académie Royale des Siences &
Belles Lettres de Berlin.*

La Mufique eft de Monfieur ROYER, *ordinaire de la
Mufique de la Chambre du Roi, Maître de Mufique
des Enfans de France, & Maître de Clavecin de
Madame la Dauphine.*

ACTEURS.

ALMASIS, *Habitante des Isles Fortunées,*   Mlle. Chevalier.

ZAMNIS, *Amant d'ALMASIS,* M^r. de Chaffé.

L'ORDONNATRICE des *Fêtes de l'Hymen,*   Mlle. Le Miere.

UN INDIEN,   M^r. Le Page.

INDIENNES, *qui célébrent les jours heureux.*

ESCLAVES *de diverses Nations.*

A ij

PERSONNAGES DANSANS.

Premier Divertissement.

INDIENNES

Qui célebrent les jours heureux.

Mlle. CARVILLE.

Mlles. Puvignée, m. Desiré, Bellenot, Selle, Pajot, Ponchon.

Second Divertissement.

AFFRIQUAINS.

Mr. DUPRE'.

Mlle. DE LANY.

Mr. TESSIER, Mlle. LABATTE.

Mrs. Saunier, Laval, Feuillade, Le Liévre, Dupré, Gobert.

Turcs.	Mrs. LYONOIS, VESTRIS,
Chinois.	Mrs. Sody, Laurent, Beat.
Asiatiques.	Mr. Caillé, Mlle. Sauvage.
Scythes.	Mr. Bourgeois, Mlle. Deschamps.

ALMASIS,
BALLET.
PREMIERE ENTRÉE.

---

*Le Théâtre repréfente les Jardins , & une partie du
Palais de ZAMNIS.*

SCENE PREMIERE.
ZAMNIS.

Pour vous belle Almafis ; mon amour eft
  extrême :
Que ne m'a-t'on permis le charme de vous
  voir ;
J'aurois paffé les jours content du feul efpoir
  De vous obtenir de vous-même.

Devenu votre Epoux, fans confulter vos vœux,
Comme vous, j'ai fouffert d'une loi trop cruelle,
Hé quoi ! Jamais une Belle en ces lieux,
N'apprend quel eft l'Amant qu'on unit avec elle
Qu'après que de l'hymen on a formé les nœuds ;
Pour vous belle Almafis, &c.

Zamnis connoît les maux qu'il ne peut éviter ;
Si vous méprifez fa tendreffe,
Vos yeux, ces yeux fi beaux, feront cachés fans ceffe
Sous un voile fatal qu'il faudra refpecter.

Mais le moment s'approche ; Amour fois moi pro-
price ;
Des fêtes de l'Hymen je vois l'Ordonnatrice.

S C E N E I I.

Z A M N I S, L'O R D O N N A T R I C E,
CHŒUR D'INDIENNES.

C H Œ U R.

Nous célébrons les jours heureux,
La plus flateufe conquête
Couronne vos tendres vœux.
Que vous devez vous plaire à nos chants amoureux !

L'ORDONNATRICE.

Notre art embellit chaque Fête ;
Mais comment peindre , dans nos jeux,
Tout le charme des nœuds
Que l'Hymen vous apprête ?

CHŒUR.

La plus flateufe conquête
Couronne vos tendres vœux.

L'ORDONNATRICE.

Almafis en ce jour devient votre partage ;
Que votre fort doit vous charmer.

ZAMNIS.

Je l'aime, je l'obtiens ; mais le foible avantage,
Si je ne puis m'en faire aimer !
Son triomphe à mes yeux fe retrace fans ceffe :

Le jour qu'une aimable jeuneffe ,
Célébroit l'aurore en ces lieux ,
La charmante Almafis qui préfidoit aux jeux,
Paroît, leve fon voile , on crut voir la Déeffe ,
Mais plus charmante encor qu'elle n'eft dans les
            Cieux.
Mille Amans empreffés de lui paroître aimables,
            A l'envi voloient fur fes pas.
Interdit, enchanté, j'admirois tant d'appas ;
J'attirai quelquefois fes regards adorables.

L'ORDONNATRICE.

Les transports, les empressemens,
Ne font pas de fidéles guides;
Des regards tendres & timides,
Souvent fervent mieux les amans.

Quel autre choix pouvoit-on faire,
Entre tant de rivaux jaloux ?
Almafis va trouver en vous
L'Amant le plus digne de plaire.

Z A M N I S.

Que je crains ce voile févére
Qui poura de fes vœux m'annoncer le refus ?
A mon amour fi fon cœur eft contraire,
Non, fon hymen pour moi n'eft qu'un malheur de
plus.
Poffede-t'on l'objet qui nous enflâme,
Quand fon penchant s'oppofe à nos défirs ?
Quel tourment d'affliger une ame
Dont la félicité feroit tous nos plaifirs!

L'ORDONNATRICE.

Raffurez votre tendreffe
Par l'efpoir d'un fort heureux :
Vous êtes bien amoureux,
Vous étudierez fans ceffe,
Les momens d'offrir vos vœux;
L'Amour manque-t'il d'adreffe ?

Vous

Vous opposerez aux rigueurs,
   Des soins flateurs,
   Jamais de plaintes :
Vous verrez s'envôler vos craintes,
Et les amours vous couronner de fleurs :

On entend une symphonie.

Almasis vient.

Z A M N I S.

   Quel trouble je sens naître ;
En ma faveur tâchez de l'attendrir.
Je n'ose encor la voir ; il faudroit en mourir,
Si sa haine éclatoit en me voyant paroître.

S C E N E   III.

ALMASIS *dans un char*, L'ORDONNATRICE.
CHŒURS *d'Indiens.*

ALMASIS, aux ORDONNATRICES.

Cessez ces soins offerts,
   Cessez ce vain hommage :
   Vos jeux & vos concerts
   M'annoncent l'esclavage ;
J'ignore à qui l'hymen m'engage,

B

Et je fens l'horreur de mes fers;
Ceffez ces foins offerts,
Ceffez ce vain hommage.

L'Ordonnatrice & fa fuite fe retirent.

Je paffois, fans aimer, les plus beaux de mes jours ;
L'Amour m'offre Zamnis, mon cœur charmé s'en-
    flâme,
Que l'Amant qu'il deftine à nous plaire toujours
    S'empare aifement de notre ame;

Zamnis, mon cher Zamnis... Ah! trop flateufe
    erreur.
S'il étoit mon Epoux, je le verrois paroître.
Il m'aime, fes regards m'ont peint fa vive ardeur;
Il ne faut qu'un moment pour lire dans un cœur
    La tendreffe qu'on y fait naître.

Zamnis, mon cher Zamnis... Ah! trop flateufe erreur,
S'il étoit mon Epoux, je le verrois paroître.
Apprenons mon deftin... Je fuis feule... On me fuit.

Aux Ordonnatrices qui reparoiffent.

Venez & me livrez au fort qui me pourfuit.

L E   C H Œ U R.

Connoiffez la douce chaîne
Que l'hymen a faite pour vous ;
Ne voyez dans un Epoux
Qu'un efclave amant de fa Reine.

L'ORDONNATRICE.

Le feul empire qu'il prétend,
C'eſt ce doux aſcendant
Que donne le bonheur de plaire :
Soyez favorable ou févére,
Il fera foumis & conſtant.

LE CHŒUR.

Connoiſſez la douce chaîne
Que l'hymen a faite pour vous :

L'ODONNATRICE.

Ne voyez dans un Epoux
Qu'un eſclave Amant de ſa Reine.

CHŒUR.

Ne voyez dans un Epoux
Qu'un eſclave Amant de ſa Reine.

SCENE IV.

ZAMNIS, *les* ACTEURS *de la Scene*
précédente.

L'ORDONNATRICE.

IL vient, l'heureux mortel qui va porter vos fers.

ALMASIS , baiſſe ſon voile , L'ORDONNATRICE
& ſa ſuite ſe retirent.

B ij

Z A M N I S.

Ciel ! Du voile odieux ſes beaux yeux ſont couverts.

A L M A S I S, le voile baiſſé & ſe tournant à peine du côté de Z A M N I S qui reſte au fond du Théâtre.

Vous, qui ſans conſulter mon ame,
Obtenez par l'hymen, l'empire ſur mes vœux.
Connoiſſez-moi : de la plus vive flâme
Mon cœur brûle en ſecret depuis nos derniers jeux ;
Ce que j'aime eſt charmant, je l'aimerai ſans ceſſe.
Oui, ſi vous n'êtes point, l'objet de ma tendreſſe,
Mon cœur ſçaura vous en punir ;
Vous me verrez de l'une à l'autre aurore,
Vous peindre , avec tranſport, un Amant que
j'adore ,
Vivre pour le pleurer, le plaindre & vous haïr

Z A M N I S.

Ah ! Malheureux Zamnis ! Hélas tu dois mourir :

A L M A S I S.

Vous le plaignez ? Qui vous a fait connoître
Que Zamnis eſt l'objet de mes vœux les plus doux ?

Z A M N I S.

O Ciel !

A L M A S I S.

Cette pitié que vous faites paroître
Adoucit ma haine pour vous.

Z A M N I S.

Non, non, belle Almafis, à vos yeux pleins de charmes
Jamais Zamnis ne coutera de larmes ;
Oubliez vos regrets , aimez bien tendrement.

A L M A S I S.

Qu'entens-je ?

Z A M N I S.

Détournez ce voile un feul moment.

Il se met à genoux.

A L M A S I S.

Levant son voile.   *Elle jette son voile.*

Ah ! Zamnis... Oui c'eft vous ! C'eft vous Zamnis
que j'aime.

Z A M N I S.

Almafis...

A L M A S I S.

Vous doutiez de ma tendreffe extrême ?

Z A M N I S.

Toujours timide dans mes vœux,
Mais avec le cœur le plus tendre ,
Jamais à votre main je n'euffe ofé prétendre ,
Sans un fecret efpoir que j'ai pris dans vos yeux.

A L M A S I S.

Sans doute un même inftant a formé nos doux nœuds.

Z A M N I S.

Votre hymen est le prix de ma flâme amoureuse,
  En l'obtenant je disois en secret,
Oui, j'aime mieux la perdre & mourir de regret,
Si c'est un autre Amant qui peut la rendre heureuse.

A L M A S I S.

Eh ! Quel autre que vous auroit pû m'enflâmer ?
Quel autre eut inspiré le penchant qui m'attire ?
  Vous connoître, c'est vous aimer ;
  Vous regarder, c'est vous le dire.

E N S E M B L E.

  C'est pour vous que je vivrai ;
  Destin charmant, douce chaine.
  Ah ! Que je vous aimerai,
Pour reparer l'erreur qui causa notre peine.

Z A M N I S.

Esclaves rassemblez de mille endroits divers,
Annoncez ce grand jour par vos plus doux concerts.

SCENE V.

L'ORDONNATRICE & *fa fuite*, un INDIEN,
*Troupes d'*ESCLAVES *de diverfes Nations & les*
ACTEURS *de la Scéne précédente.*

*Il s'éléve au fond du Théâtre un
Trophe, foutenu par des Génies.*

ZAMNIS.

CElébrez l'ardeur la plus belle ;
Que le nom d'Almafis s'éleve jufqu'aux cieux :
Brifez vos fers, faites regner les jeux ;
Tout doit être heureux auprès d'elle.

LE CHŒUR.

Célébrons l'ardeur, &c.

On danfe.

L'ORDONNATRICE ET L'INDIEN.

Chantons tous à l'envi la faveur des amours,
Elle affemble deux cœurs faits pour s'aimer toujours.

LE CHŒUR.

Chantons tous à l'envi, &c.

L'ORDONNATRICE.

Sans langueur, fans inquiétude,
Ils chériront les mêmes loix ;
On verra les plaifirs, pour la premiere fois,
Rendus plus doux par l'habitude.

LE CHŒUR.

Chantons tous à l'envi, &c.

L'INDIEN

Aimons en assurance,
Almasis regne en ces lieux ;
Son exemple & ses beaux yeux,
Feront triompher la constance,

LE CHŒUR.

Son exemple & ses beaux yeux
Feront triompher la constance.

L'ORDONNATRICE & L'INDIEN.

Chantons tous à l'envi la faveur des amours.

LE CHŒUR.

Chantons tous, &c.

L'ORDONNATRICE.

Elle assemble deux cœurs faits pour s'aimer toujours.

LE CHŒUR.

Elle assemble, &c.

On danse.

On reprend le Chœur. Célébrez l'ardeur la plus belle, &c.

Fin de la premiére Entrée.

ISMENE,

ISMÉNE,

PASTORALE HÉROÏQUE,

DONNÉE A VERSAILLES

En 1747 & 1748.

Et mife pour la premiére fois au Théâtre de l'Académie Royale de Mufique, le Vendredi 28 Août 1750.

SECONDE ENTRÉE.

C

Les Paroles *font* de Mon*f*ieur *DE MONCRIF.*

La Mu*f*ique e*f*t de M.^{RE}BEL ET FRANCŒUR,
Sur-Intendans de la Mu*f*ique de la Chambre du Roi,
& In*f*pe*ff*eurs de l'Académie Royale de Mu*f*ique.

ACTEURS.

ISMENE, *Nymphe*,   Mlle· Coupée.

DAPHNIS, *Berger*,   M^r: de Chaffé.

CLOÉ, *Bergere*,   Mlle· Jaquet.

CHŒUR de BERGERS & de BERGERES.

TROUPE de FAUNES & de PASTRES.

ISMÉNE,
PASTORALE HÉROÏQUE,
DEUXIÉME ENTRÉE.

Le Théâtre repréfente un Boccage. On voit au fond la Statuë du Dieu Pan, & dans l'un des cotés un Temple.

SCENE PREMIERE
DAPHNIS.

ZÉPHIRS, aimables fleurs, & vous claire fontaine ;
Vous m'avez vû cent fois suivre les pas d'Ismene ?
Apprenez lui mes feux, qu'ils puiffent la toucher.

Daphnis, dût-il nourrir une tendreſſe vaine,
Au penchant de ſon cœur ne veut point s'arracher.

    Viens, vole Amour, parle toi-même;
Fais triompher l'ardeur dont je ſuis en-
    flammé;
      Si je ne puis me croire aimé,
      Je ne dirai jamais que j'aime.

Viens, vole, Amour, parle toi-même,
Fais triompher l'ardeur dont je ſuis en-
    flammé.
Mais je ſens que le Dieu m'éclaire...

      A la Beauté la plus ſevére,
      Par un détour ingenieux,
      On peut peindre & voiler ſes feux;
C'eſt à la fois, s'expliquer & ſe taire.

Iſméne vient, Amour favoriſe mes ſoins:
J'attendrai le moment de la voir ſans témoins.

SCENE II.

ISMENE, CLOÉ, BERGERS et BERGERES.

C L O É.

VOTRE félicité belle Iſmene m'eſt chére,
J'aime à voir qu'en ces lieux, tout s'empreſſe à vous
    plaire.

Dans les jeux que pour vous on prend soin de former,
Vos talens enchanteurs vous font mille conquêtes :
Ce fut pour couronner votre art de tout charmer,
 Que l'Amour inventa nos fêtes.

Veut-on offrir, au plus aimable objet,
Les premiers dons que le Printems raméne ?
 La Bergere la plus vaine,
 Malgré soi, dit en secret :
 Ah ! Ce prix est pour Isméne.

Mais nos jeux en ce jour ne peuvent vous flater ?

I S M E N E.

Jadis, le Dieu des bois, dans ce lieu solitaire,
Du destin des Amans dévoiloit le mystere,
 J'ai bésoin de le consulter.

C L O É.

 Eh par quel miracle,
 Ce divin Oracle,
Rendroit-il votre sort plus doux ?

L E C H Œ U R.

Qui vous voit vous adore ;
Vous nous enchantez tous.

Peut-on former des vœux encore,
Quand on est belle comme vous ?

C L O É.

Qui vous voit, &c.

L E   C H Œ U R.

Qui vous voit, &c.

C L O É.

Le même jour raméne parmi nous,
La fête d'Isméne & de Flore.

Qui vous voit, &c.

L E   C H Œ U R.

Qui vous voit, &c.

C L O É.

Nos demi-Dieux avec un soin jaloux,
Ont placé votre image au temple de l'Aurore.

L E   C H Œ U R.

Qui vous voit, &c.

C L O É.

Peut-on former des vœux encore
Quand on est belle comme vous ?

L E   C Œ U R.

Qui vous voit vous adore,

Vous nous enchantez tous.   *On danse.*

ISMÉNE,

ISMENE.

Dieu des ames,
Quand tes flammes
En secret regnent sur nous :
Quel martyre,
Pour détruire
Un enchantement si doux !
On soupire,
On veut lire,
Dans le cœur de son Amant :
Tant de peine
Ne nous méne
Qu'à l'aimer plus tendrement.

On danse.

CLOÉ.

Vous voulez en ces lieux former des vœux secrets ?
Nous reviendrons bientôt célébrer le succès.

SCENE III.

ISMENE.

O Vous ! Qui nous fites entendre
De l'obscur avenir l'inévitable loi ;
A Daphnis, en secret, j'ai destiné ma foi ;
Dites-moi si son cœur est tendre ;

D

Mais gardez vous de me l'apprendre
Si c'eſt pour une autre que moi :

Quelque route que je prenne
Je le rencontre au matin ;
S'il eſt des fleurs dans la plaine ,
Il en féme mon chemin :
L'air qui me plaît davantage,
Aux Echos de ce bocage
Il le chante tout le jour ;
Mais Daphnis, regret extrême ?
Ne m'a point dit: je vous aime :
Non , Daphnis n'a point d'amour.

A la Fête de l'aurore
Je quittai bien-tôt les jeux :
Il danſa , dit on , encore ;
Mais l'ennui peint dans les yeux :
Il ſuivit bien-tôt mes traces ;
Je fus au Temple des Graces,
Il parut dans le moment.
Mais Daphnis, ſurpriſe extrême ?
Ne me dit point : je vous aime.
Non, Daphnis n'eſt point amant.

On vient. Ah ! C'eſt lui-même.

SCENE IV.
ISMENE, DAPHNIS.

ISMENE.

QUel dessein vous attire en ce bois écarté ?

DAPHNIS.

J'y viens rêver en liberté.

ISMENE.

Vous ! Rêver ?

DAPHNIS.

Je formois d'agréables chiméres :
C'est ma seule félicité.

ISMENE.

Quoi ! Des erreurs vous font elles si cheres ?

Votre bonheur fera peu de jaloux ;
Comment peut-on céder au charme des mensonges ?
C'est fuir des biens cent fois plus doux ,
Pour s'égarer avec les songes.

L'erreur qui séduit
Aisément s'envole ;
Le réveil détruit
Un bien si frivole.

Votre bonheur , &c.

D ij

DAPHNIS.

J'imaginois une Beauté
Par un jeune Berger suivie :
Lisis.... c'est le Berger, la Nymphe, c'est Zélie.
Mais quoi ce récit inventé
Peut-être déja vous ennuie ?

ISMENE.

La peinture des tourmens ;
Ou du bonheur des amans,
N'est jamais indifferente :
Sont-ils dans l'attente
D'un destin heureux,
Avec eux,
On s'impatiente.

Oui vous m'interessez, Daphnis,
Parlez.... Hé bien, Lisis ?.....

DAPHNIS.

Il éleve un autel où la reine des roses
Régnoit sur mille fleurs nouvellement écloses ;
A sa voix d'une Lyre unissant les doux sons,
Des charmes de Zélie il célébroit l'empire.

ISMENE.

N'auriez-vous point retenu ses chansons ?

DAPHNIS.

Sans peine je puis les redire.

Traçons d'une Vénus nouvelle
   L'heureux tableau :
A mesure qu'il est fidele ,
   Il est plus beau :
Quand il enchante , on ne peut craindre
   Qu'il soit flaté ;
A peine l'art va jusqu'à peindre
   La vérité.

ISMENE.

Il cessa de chanter ? Ah Daphnis quel dommage !

DAPHNIS.

Si la Chanson vous plaît , il chanta davantage.

   Celui qui bravant l'esclavage
      A pû la voir ;
   Contre un autre écueil fait naufrage ,
      Sans le prévoir ;
   Au doux penchant qui vous attire
      En l'écoutant ;
   On croit seulement qu'on admire ;
      On est Amant.

ISMENE.

Le portrait est charmant.... Consentez je vous prie
   Que la Nymphe l'ait entendu.

DAPHNIS.

Sans doute le Berger avoit joint sa Zélie.

I S M E N E.

Je crois imaginer ce qu'elle a répondu.

» Quand il seroit sincere
» Ce portrait enchanteur ;
» D'une fidele ardeur
» Cette preuve est légere.

Ah ! Demandez à plus d'une Bergere ;
Un éloge flateur
Est moins souvent le langage du cœur,
Qu'un art trompeur de plaire.

D A P H N I S.

» Non , s'écria Lisis, quelle injustice, ô Dieux.

» Quand c'est vous qu'on adore ;
» Ne peut on vanter ces beaux yeux,
» Et tout l'amour qu'ils font éclore ?
» Quand c'est vous qu'on adore ,
» L'Amant qui l'exprime le mieux ,
» Le sent mille fois mieux encore.
» Mais Lisis connoît trop qu'il doit fuir vos attraits.

I S M E N E.

Lisis fuiroit Zelie ? Hé ! Quel dépit l'inspire ?

D A P H N I S.

Il prouve son amour par mille soins discrets ;
En douter c'est lui dire ,
Je ne vous aimerai jamais....

Vous n'imaginez plus ce que la Nimphe penſe ?

ISMENE.

Je la crois interdite.... Et conſultant ſon cœur.

DAPHNIS.

Et ce cœur , il n'a donc que de l'indifference ?

ISMENE.

Peut-être du Berger il accuſe l'erreur.

DAPHNIS.

Quoi ; l'erreur ! Que ce mot pour Liſis a de charmes ?
Un eſpoir enchanteur adoucit ſes allarmes.

Daphnis a ux genoux d'Iſmene.

Il tombe à ſes genoux ! Ah ? connoiſſez mes feux....

Les Bergers paroiſſent.

Ciel ! On vient.

ISMENE.

Achevez.

DAPHNIS.

On annonca des jeux.

Liſis déſeſperé fut contraint de ſe taire....
Hé ? Que penſoit Zelie en ce moment fâcheux ?

ISMENE.

Elle partageoit ſa colere.

On danſe.

S C E N E   V.

ISMENE, DAPHNIS, CLOE, BERGERS,
& Bergeres, Troupes de Faunes, Pastres.

C L O É.

L'Oracle a-t'il parlé ! Sans doute dans ce jour
Le destin à vos vœux n'oppose point d'obstacles?

I S M E N E.

Je n'ai consulté que l'Amour
C'est le plus charmant des Oracles.

Daphnis, je vous choisis, vous êtes mon vainqueur.
Mais que dis je choisir, j'obéis à mon cœur,
Oui Daphnis, je vous aime.

D A P H N I S.

Aveu charmant ! Félicité suprême :
Un seul mot a rempli les vœux que je formois.

I S M E N E.

Depuis long-tems je vous aimois.

D A P H N I S.

Dans votre cœur je n'osois lire.

I S M E N E.

Depuis long-tems je vous aimois,
Qu'il me tardoit de vous le dire !

E N S E M B L E

ENSEMBLE.

Du tendre amour j'ignorois le pouvoir
Ce Dieu triomphe dans mon ame.
Ah ! Que j'aime à vous devoir
Le doux tranfport qui m'emflame.

ISMENE.

Amours Plaifirs & Jeux,
Regnez troupe riante,
Que tout chante
Dans ces lieux.
Amours, &c.

On danfe.

CLOE.

Que tout chante
Dans ces lieux.
Ifmene eft charmante.
Daphnis eft heureux.

LE CHŒUR.

Que tout chante, &c.

On danfe.

DAPHNIS.

Vous qui voulez charmer
Voici tout le myftere :
Songez moins à plaire,
Qu'à bien aimer.

E

Amant
D'un objet charmant,
Sa seule préfence
Payoit mon tourment :
Perdant avec conftance
Les foins que j'offrois ,
Du moins je l'adorois.

Vous qui voulez charmer , &c.

Belle Ifmene
Quelle chaine
Sort plein d'attraits:
Heureux déformais
Nos jours vont couler en paix.

Vous qui voulez charmer
Voici tout le myftere :
Songez moins à plaire
Qu'à bien aimer.

On danfe.

Fin de la deuxiéme Entrée.

LINUS,

BALLET HÉROÏQUE.

Remis au Théâtre de l'Académie Royale de Musique,
le Vendredi 28 Août 1750.

TROISIÉME ENTRÉE.

E ij

Les Paroles *sont* de Monsieur *DE MONCRIF*.

La Musique *est* de M * * * *

SUJET.

Linus selon la Fable est fils d'Apollon. L'Égypte servit d'asile aux Dieux ; c'est tout ce qui est emprunté dans la composition de cet Acte. Tout le reste est de l'invention du Poëte. Les augmentations qu'il y a faites sont considérables : le sujet n'étant pas traité avec assez d'étenduë lorsque ce même Acte ajouté à l'Empire de l'Amour a été mis au Théâtre le 25 Mai 1741.

ACTEURS.

LINUS, Mr. Jeliotte.

ISÉNIDE, *fille* d'Aménophis, *Roi* d'Égypte, Mlle. Chevalier.

DORIS, EGYPTIENNE, Mlle. Du Péray.

Une autre EGYPTIENNE, Mlle. Le Miére.

Premier EGYPTIEN, Mr. Poirier.

Deuxiéme EGYPTIEN, Mr. Le Page.

EGYPTIENS & EGYPTIENNES.

PERSONNAGES DANSANS.

Premier Divertissement.

EGYPTIENS, EGYPTIENNES.

M^r· DUMOULIN, Mlle· PUVIGNÉE.

M^{rs}· Laurent, Caillé, Le Lievre, Bourgeois, Beat,

Mlles· Tierry, Beaufort, Dazenoncourt, Briseval,
Deschamps.

Second Divertissement.

EGYPANS et BACCHANTES.

M^r· LYONOIS.

Mlle· CAMARGO.

M^{rs}· Saunier, Laval, Feuillade, Gobert.

Mlles· Desiré, Bellenot, Pajot, Ponchon.

LINUS,
BALLET HEROÏQUE.
TROISIÉME ENTRÉE.

Le Théâtre repréfente d'un côté, le Palais d'Aménophis : l'autre face eft ornée de différens Édifices ;
Arcs de Triomphe, Piramides, &c. Le fond eft un
Temple de verdure élevé dans le lieu où les Dieux
fe retirerent, quand ils quitterent le Ciel, pourfui-
vis par les Géants. On voit entre les Portiques, les
Statues de ces Divinités.

SCENE PREMIERE.
LINUS.

Eut-on être heureux quand on aime,
Si l'on n'eft aimé pour foi-même ?
Non, Linus tu ne dois confulter que
    l'Amour,
A l'Egypte cachons encore

Qu'Apollon m'a donné le jour,
Le Roi fçait mon fecret, la Princeffe l'ignore:
Que dans le cœur de cet objet charmant
Le feul Amour favorife l'Amant.
Peut-on être heureux quand on aime,
Si l'on n'eft aimé pour foi-même ?

Des jeux font ordonnés;
Memphis va célébrer ces jours fi fortunés,
Où les Dieux habitoient ce féjour folitaire :
Dans ces jeux, tout mortel peut au gré de fes vœux,
Se choifir un Dieu tutélaire :
La Princeffe y préfide, au choix qu'elle va faire
Je pourrai découvrir le deftin de mes feux.

Elle vient; attendons les plaifirs qu'on apprête
Pour m'offrir à fes yeux.
Allons preffer l'inftant de commencer la Fête.

S C E N E   II.
I S É N I D E ,   D O R I S.
D O R I S.

PRinceffe vous laiffez échaper des foupirs ?
Adorée en Egypte où régne votre Pere,
Tout vous rit, tout cherche à vous plaire.
Quels font vos fecrets déplaifirs ?
Dans d'autres Cours on rend hommage

Au

Au souverain pouvoir;
Ici, le zéle est l'ouvrage
Du charme qu'on trouve à vous voir.

ISÉNIDE.

Linus..... Non, non, je ne veux plus l'entendre.
Hélas ! Ils étoient inconnus
Les dons que sur Linus le Ciel daigna répandre.

DORIS.

Vous ne m'écoutez pas & parlez de Linus ?
Hé bien, daignez apprendre
Par quels charmes secrets,
Il attache à ses pas tous vos heureux sujets.

Quand sa Lyre & sa voix, par les Graces guidées.
Exercent leur pouvoir sur nous ;
Il fait naître dans l'ame un sentiment si doux ;
Il présente à l'esprit tant d'aimables idées ;
Qu'on diroit qu'il parle de vous.

ISÉNIDE.

Non, non, pour tout séduire
Sa voix, ses seuls accens ne sont que trop puissans.

Quelquefois quand l'Amour veut qu'un cœur fier
soupire,
L'Esprit & la Beauté, malgré tout leur empire,
N'offrent que des secours sans pouvoir, ou trop
lents :

F

Quand des chants amoureux viennent ravir les
    fens ,
La Raifon s'abandonne à ce tendre délire ,
L'Amour , pour triompher de tout ce qui refpire ,
L'Ingénieux Amour inventa les talens :

D O R I S.

    Vous ne me caufez plus d'allarmes
    Si c'eft l'amour qui vous fait foupirer ;
Non , non , le fort qu'il doit vous préparer
    Nous eft annoncé par vos charmes.

I S É N I D E.

J'aime , il eft vrai , je l'aime ! & mon cruel tourment,
C'eft qu'en vain dans mon cœur je combats mon
    Amant.
Ce langage enchanteur qu'accompagne fa Lyre ,
    Eft dans Linus un art de tout charmer ;
      Chante-t'il le plaifir d'aimer ;
      Ce qu'il exprime il vous l'infpire,
    S'il vous peint les Zéphirs flateurs ,
    Parcourant nos plaines riantes ;
Ses fons femblent voler fur leurs aîles brillantes ,
Careffer , embellir , & conferver les fleurs.

D O R I S.

Je ne demande point fi Linus vous adore.

I S É N I D E.

Je fais tous mes efforts pour en douter encore.

Ce Mortel, cet Enchanteur,
Eſt né dans un rang vulgaire.
Faut-il qu'une loi févére
S'oppoſe à ma tendre ardeur ?
Tout l'éclat de la grandeur
Vaut-il le don de plaire ?

DORIS.

Il vient....

ISÉNIDE.

Ah ! Cachons bien le trouble de mon cœur.

SCENE III.

LINUS, ISÉNIDE, DORIS.

LINUS.

PRinceſſe pour la fête un grand peuple s'avance ;
Déja du haut des Cieux,
La plus douce eſpérance
Deſcend dans tous les cœurs, brille dans tous les
yeux :
Chacun, par votre main, voit avec confiance,
Son encens s'élever juſqu'au trône des Dieux....
Me fera-t'il permis d'implorer la puiſſance
D'une Divinité, l'objet de tous mes vœux ?

ISÉNIDE.

Linus, de ce grand jour je respecte l'usage :
Tout mortel à mes vœux peut joindre son hommage,
    Célébrez les Dieux avec nous :
    Qui peut mieux les chanter que vous ?
    Ils vous ont appris leur langage ?

LINUS.

Que j'aime à les chanter ? ils vous cherissent tous.

    Quand c'est Venus que votre main encense
    Une tendre reconnoissance
    Peut seule vous animer ;
    Quels dons encor en pourriez vous attendre ?
    Avec tant de graces à rendre,
    On n'a plus de vœux à former.

ISÉNIDE.

Est il quelque mortel qui ne craigne ou n'espere ?
Puissent être exaucés tous les vœux qu'on va faire.

LINUS.

    Qu'un Temple où vous présidez,
    Doit inspirer de zéle !
    La ferveur sera fidele,
    Les sermens toujours gardés ;
    Mais on poura douter sans cesse,
    Si l'encens présenté
    S'adresse à la Divinité
    Ou s'offre à la Prêtresse :

ISÉNIDE.

Allez preſſer les Jeux...... Je l'ai trop écouté.

SCENE IV.

ISÉNIDE.

QUel danger d'avoir un cœur tendre !
Mais , quelle ſource de plaiſir !
Contre un penchant trop doux cherchant à me
    déffendre ,
La peine que je ſens ne ſçauroit ſe comprendre :
    Qu'à mes regards Linus vienne s'offrir ,
La douceur de le voir, le plaiſir de l'entendre ,
Payent cent fois les maux qu'il m'a fallu ſouffrir :
    Quel danger d'avoir un cœur tendre ,
    Mais quelle ſource de plaiſir.

    Que dis - je , ô Ciel ! Quelle eſt mon eſpérance....
Rompons , briſons des nœuds dont ma gloire
    s'offence.
    Oui , ſans oſer le déclarer ,
C'eſt toi cruel amour que je vais implorer
    Pour arracher mon cœur à ta puiſſance....
    Triſte partage hélas ! de n'oſer déſirer
    D'autre bien que l'indifference.

S C E N E V.

LINUS, ISÉNIDE, DORIS, CHŒURS D'EGYPTIENS.

On apporte un Autel.

ISÉNIDE.

DEclarons par nos chants, nos vœux les plus
    secrets,
    Les Dieux daigneront les entendre ;
    Qu'ils versent leurs plus doux bienfaits
Sur les lieux où jadis on les a vû descendre.

LE CHŒUR.

Déclarons, &c.

*ISÉNIDE tenant un vase
qui sert aux sacrifices & s'ap-
prochant de l'Autel,*

    Il est une Divinité
    A qui j'adresse cette offrande ;
    De sa faveur on est flaté,
    C'est son oubli que je demande.

Elle verse des parfums sur l'Autel.

LINUS à part.

Quai-je entendu ! l'Amour est ce Dieu redouté ?

ISÉNIDE.

Jours annoncés par la plus belle aurore ;
　Charmant ramage des oiseaux ;
　　Riantes fleurs qu'on voit éclore ;
Concerts de nos Bergers dansans sous les ormeaux ;
　Paisibles bois, douce habitude
D'aimer le bruit des eaux, la fraicheur des Zéphirs ;
　Plaisirs exempts d'inquiétude
　Soyez toujours mes uniques plaisirs.

Elle entoure l'Autel de guirlandes.

LINUS *à part.*

Tant de crainte d'aimer annonce un cœur sensible ;
Dévoilons son secret, Amour, s'il est possible :

Il s'approche de l'Autel.

J'adresse mon encens au Dieu de l'Univers :
Et ce n'est pas le Dieu dont le tonnerre gronde,
Ni celui qui du fond d'une grotte profonde,
Peut déchaîner les vents, & soulever les mers.
J'adore un Dieu charmant : par sa bonté féconde,
Les plaisirs les plus chers entourent ses Autels ;
Il a placé son trône au séjour des mortels.....
　Et dans les plus beaux yeux du monde.....

ISÉNIDE.

O destin ! O grands Dieux ! du moins accordez-
　vous :

Eh ! Pourquoi des Mortels éprouver la foiblesse ?
Faut-il qu'un bien charmant vienne s'offrir à nous;
Quand notre sort hélas ! Est de le fuir sans cesse ?

LINUS.

Par un pouvoir divin je me sens éclairer.....
Il semble de mes yeux écarter un nuage ;....
Ah! Princesse... Ecoutez... Ce qu'il va m'inspirer...

Combien votre plainte outrage ;
Un Dieu votre ferme appui ?
C'est son plus parfait ouvrage ;
Qui s'éleve contre lui !
Il vaincra tous les obstacles,
Pour semer tous vos pas de fleurs ;
Ah! Croyez-en ses Oracles,
Vous les gravez dans tous les cœurs.

ISÉNIDE.

Linus sçait mes destins ! Quel Dieu les lui révele ?

LINUS.

Le Dieu qu'on vous déclare avec le plus de zéle
Par les soupirs qu'on cherche à vous cacher;
Le Dieu qui vous forma si belle,
Pour excuser l'aveu qu'il vient de m'arracher.

ISÉNIDE.

Linus, de quels secrets osez-vous donc m'instruire ?

LINUS.

L I N U S.

C'eſt le ſort des Mortels d'adorer vos beaux yeux.
Mais le charme de vous le dire,
N'eſt réſervé qu'au ſang des Dieux.

J'ai reçu d'Apollon le jour que je reſpire.
Le Roi connoît mon rang, il veut combler mes vœux.

I S É N I D E *embraſſant l'Autel.*

Amour, Amour ! Divinité ſuprême.

L I N U S.

Approuvez-vous l'ardeur extrême.....
Du plus pur, du plus tendre feu ?

I S É N I D E.

En pouvez-vous douter, j'implore votre Dieu
Auſſi tendrement que vous-même.

E N S E M B L E.

L'univers te doit des Autels
Régne Divinité ſuprême.
Vole Amour, deſcens, vien toi-même,
Triomphe de tous les Mortels.

On danſe.

D O R I S, U N E G Y P T I E N.

L'EGYPTIEN.

Loin de vous tous mes jours
Duroient toujours,

G

D O R I S.

Je difois aux Zéphirs
Portez lui mes foupirs.

L'É G Y P T I E N.

Mon aimable Doris.

D O R I S.

Mon cher Daphnis.

L'É G Y P T I E N.

Que de biens j'ai perdus.

E N S E M B L E.

O deftin! Ne nous feparez plus.

L'É G Y P T I E N.

Se voir à tout moment.

D O R I S.

Eft un enchantement.

E N S E M B L E.

Mais dans le tourment
Où l'abfence nous livre
Eft-ce vivre.

L'É G Y P T I E N.

Loin de vous, &c.

On danfe.

UNE ÉGYPTIENNE.

Qu'un nœud plus doux
A mon Amant me lie,
Il est jaloux,
Quelle folie,
Quand il me peint
L'inconstance qu'il craint ;
Que sert ce soin qu'à me faire songer
Qu'enfin on peut changer.

On danse.

ISÉNIDE.

Amour tout sert ton empire,
Les talens, les arts les jeux ;
Tout travaille tout conspire,
Au triomphe de tes feux.

D'aimer j'osois me défendre,
J'entens Linus chanter tes loix :
Dieu charmant il faut se rendre,
Quand tu nous parles par sa voix.

Amour, &c.

On danse.

UN ÉGYPTIEN.

O Bachus, reçoi mon hommage,
Regne, vien me saisir ;

G ij

Ah ! Le doux esclavage ,
Où la constance est l'ame du plaisir !

C H Œ U R.

O Bacchus reçoi notre hommage ,
Regne, vien nous saisir ;
Ah ! Le doux esclavage ,
Où la constance est l'ame du plaisir.

L'É G Y P T I E N.

Quel bonheur ce Dieu nous partage ,
Quels biens ! Le charme d'en jouir ,
Nous les fait cherir davantage.

C H Œ U R.

O Bacchus, &c.

L'É G Y P T I E N.

Du soir jusqu'à l'aurore ,
Venez heureux mortels :
Bachus à qui l'implore,
Soûrit sur ses Autels.

C H Œ U R.

O Bacchus , &c.

On danse.

L I N U S.

Honorez Apollon, c'est un des plus grands Dieux :
Les jeux suivent son char, les plaisirs l'environnent ,
Animez vos concerts ; elevez jusqu'aux cieux ,

Les lauriers si flateurs dont ses mains vous cou-
  ronnent :

Mais pour consacrer ses bienfaits ,
Chantez , chantez l'Amour , annoncez sa victoire :
  Peignez le charme de ses traits.
  Célébrez à jamais sa gloire.

On danse.

Fin du Ballet.

J'Ai lû par ordre de Monseigneur le Chancelier *les trois Actes d'Almasie, d'Ismene & de Linus*, & n'y ai rien trouvé qui ne soit digne de l'Impression & de la réputation de l'Auteur. Fait à Paris ce 22 Août 1750.

FONTENELLE.

PRIVILEGE DU ROY.

LOUIS par la grace de Dieu, Roy de France & de Navarre : A nos amés & féaux Conseillers, les Gens tenans nos Cours de Parlemens, Maîtres des Requêtes ordinaires de nôtre Hôtel, Grand'Conseil, Prevôt de Paris, Baillifs, Sénéchaux, leurs Lieutenans Civils, & autres nos Justiciers qu'il appartiendra, Salut. Nôtre très-cher & bien amé le Sieur LOUIS-ARMAND EUGENE DE THURET, cy-devant Capitaine au Regiment de Picardie; Nous a fait représenter que, par Arrest de nôtre Conseil du 30 May 1733. Nous avons revoqué le Privilege qui avoit été accordé au Sieur le Comte & ses Associez, pour raison de l'Academie Royale de Musique, les circonstances & dépendances, & rétabli ledit Privilege en faveur dudit Sieur Exposant, pour en joüir par lui, ses Associez. Cessionnaires & ayans-cause aux charges & conditions portées par ledit Arrest, pendant le temps & espace de vingt-neuf années, à compter du premier Avril de ladite année 1733 & que pour l'exploitation dudit Privilege, ledit Sieur Exposant se trouve obligé de faire imprimer & graver les Paroles & la Musique des Opera qui doivent être représentés ; mais que pour cet effet il a besoin de notre Permission & des Lettres qu'il Nous a très-humblement fait supplier de lui accorder. A CES CAUSES, voulant favorablement traiter ledit Exposant : Nous lui avons permis & permettons par ces Presentes de faire imprimer & graver *les Paroles & Musique des Opera, Ballets & Fêtes qui ont été ou qui seront représentés par l'Academie Royale de Musique, tant séparément que conjointement*, en tels Volumes forme, marge, caractere, & autant de fois que bon lui semblera, & de les faire vendre & debiter partout notre Royaume ; pendant le temps de vingt-neuf années consecutives à compter du jour de la datte desdites Presentes. Faisons défenses à toutes personnes de quelque qualité & condition qu'elles soient d'en introduire d'Impression ou Gravûres Etrangere dans aucun lieu de notre obéissance : Comme aussi à tous Imprimeur, Libraire, Graveurs, Imprimeurs Marchands en Taille-Douce, & autres de graver, ni faire graver d'imprimer, ou faire imprimer, vendre, faire vendre, débiter ni contrefaire lesdites Impressions, Planches & Figures de Paroles, de Musique des Opera, Ballets & Fêtes, qui ont été ou qui seront representez par ladite Academie Royale de Musique, tant séparément que conjointement en tout ni en partie, sans la permission expresse & par écrit dudit Sieur Exposant, ou de ceuxqui auront droit de lui ; à peine de confiscation tant des Planches & figures que des Exemplaires contrefaits, & des Ustanciles qui auront servi à ladite contrefaçon, que Nous entendons être saisis en quelque lieu qu'ils soient trouvez, de dix mille livres d'amende contre chacun des Contrevenans, dont un tiers à Nous, un tiers à l'Hôtel-Dieu de Paris, l'autre tiers audit-Sieur Exposant, & de tous dépens, dommages & interêts, à la charge que ces Presentes seront enregistrées tout au long sur le Registre de la Communauté des Libraires & Imprimeurs de Paris, dans trois mois de la datte d'icelles ; que la Gravure & Impression desdites Paroles & Opera sera faite dans notre Royaume & non ailleurs, enbon papier & beaux caracteres, conformément aux Reglemens de la Librairie, & notamment à celui du dix Avril 1725. & qu'avant de l'exposer en vente les Manuscrits gravés ou imprimé seront remis dans le même état où l'Approbation y aura été

Donné és mains de notre très-cher & féal Chevalier Garde des Sceaux de France, le Sr Chauvelin ; qu'il en fera remis deux Exemplaires de chacun dans notre Bibliotheque publique un dans celle de notre Château du Louvre, & un dans celle de notre très-cher & féal Chevalier Garde des Sçeaux de France le Sr Chauvelin. Le tout à peine, de nullité des Préfentes ; Du contenu defquelles Vous mandons & enjoignons de faire jouir ledit Sieur Expofant, ou fes Ayants-caufe, pleinement & paifiblement fans fouffrir qu'il leur foit fait aucun trouble ou empêchement. Voulons que la Copie defdites Préfentes, qui fera imprimée tout au long au commencement ou à la fin dudit Ouvrage, foit tenue pour dûement fignifiée ; & qu'aux Copies collationnées par l'un de nos amés & féaux Confeillers & Secretaires, foy foit ajoûtée comme à l'Original. Commandons au premier notre Huiffier ou Sergent, de faire pour l'exécution d'icelles tous Actes requis & neceffaires, fans demander autre permiffion, & no nobftant Clameur de Haro, Chartre Normande & Lettres à ce contraires. Car tel eft nôtre plaifir. Donne' à Fontainebleau Paris le douziéme jour du mois de Novembre, l'An de Grace mil fept, trente-quatre, & de notre Regne le vingtiéme : *Et plus-bas*, Par le Roy en fon Confeil. *Signé* SAINSON, avec paraphe.

Regiftré fur le Regiftre VIII. de la Chambre Royale des Libraires & Imprimeurs de Paris, N. 797. fol. 779. conformément aux anciens Réglemens, confirmés par celui du 28 Février 1723. A Paris le 23 Novembre 1734.

G. MARTIN, Syndic.

[illegible]